WAS WIR EUCH **WÜNSCHEN** FÜR DEN WEG *zu zweit*

GROH

„Ja, ich will!"

Mit diesem einfachen Satz habt ihr euch für einen
wundervollen und aufregenden Weg zu zweit entschieden.
Von nun an erlebt ihr zusammen die Höhenflüge der Liebe
und stellt euch den Herausforderungen des Lebens.
Dass euch dabei stets viel Freude, Glück
und das feste Vertrauen ineinander begleiten,
das wünschen wir euch von Herzen.

Gemeinsam beginnt ihr nun ein neues Kapitel in
der Geschichte eurer Liebe. Dass ihr zusammen
diese Geschichte weiterschreibt und
viele Seiten von besonderen
Augenblicken erzählen,
das wünschen wir euch.

Wir wünschen euch, dass eure Trauung so schön war, wie ihr es euch erträumt habt. Wir wünschen euch aber auch, dass es nicht bei diesem einen Liebesgeständnis bleibt, sondern ihr einander auch in Zukunft immer wieder zeigt, wie viel ihr euch bedeutet.

DIE LIEBE IST EIN WUNDER,
DAS SICH IM INNERSTEN DES HERZENS
VOLLZIEHT UND DENNOCH
DIE GANZE WELT
VERÄNDERN KANN.

Irmgard Erath

Dass ihr viele Wege ohne Hindernisse
gehen könnt, das wünschen wir euch von Herzen.
Falls ihr aber auch mal eine steinige Straße meistern müsst,
wünschen wir euch, dass dadurch das Band eurer Liebe
nur noch stärker wird .

Wir wünschen euch

Tage voller Sonnenschein, an denen ihr gemeinsam durchs Leben tanzt und die Zeit in vollen Zügen genießen könnt. Und sollten doch einmal dunkle Wolken am Himmel aufziehen, wünschen wir euch, dass ihr fest zusammenhaltet.

DIE LIEBE IST SO STARK
WIE EIN ZAUBER.

aus Ägypten

Ihr habt Ja zueinander gesagt, zu all den Dingen,
die ihr aneinander liebt. Dazu gehören auch
Charakterzüge und Angewohnheiten, die ihr nicht teilt.
Wir wünschen euch, dass ihr diese Unterschiede
als Bereicherung für eure Beziehung seht und den anderen
so respektiert, wie er ist.

Es werden Zeiten kommen, in denen
die Harmonie eurer Beziehung ins Wanken gerät.
Für solche Tage wünschen wir euch den Mut,
offen miteinander zu sein, auch mal zu streiten
und die Kraft, danach wieder den ersten Schritt
auf den anderen zu zu machen.

LO
VE

DAS SINNVOLLE
UNSERES ZUSAMMENLEBENS IST:
**EINANDER ZU HELFEN,
EINANDER FREUDE ZU MACHEN.**

Theodor Hieck

Mit einem eigenen Zuhause schafft ihr euch
einen Ort der Geborgenheit und Sicherheit.
Wir wünschen euch, dass ihr Tag für Tag
gerne dahin zurückkehrt, um Zeit zu zweit
oder auch mit Familie und Freunden
zu verbringen.

DIE LIEBE MACHT AUS EINEM HAUS
EIN ZUHAUSE.
Nina Sandmann

Dass es ab jetzt nur noch ein Wir gibt,
das wünschen wir euch nicht. Sondern, dass
ihr euch in eurem Alltag kleine Inseln der Nähe schafft
und einander gleichzeitig den Raum lasst,
Ich sein zu können.

LIEBE FORDERT NICHT,
LIEBE IST EIN ENTGEGENKOMMEN.
SIE ERGREIFT NICHT BESITZ; SIE GIBT FREIHEIT.
Caren Casey

Auch wenn ihr euch schon lange kennt,
werdet ihr immer wieder neue Seiten aneinander entdecken.
Dass ihr euch über die guten Seiten freut und
die weniger guten mit Humor nehmt,
das wünschen wir euch

von Herzen.

NICHTS VERBINDET ZWEI MENSCHEN
SO SEHR WIE GEMEINSAMES LACHEN.

unbekannt

Mit der Zeit weicht das Kribbeln
der ersten Verliebtheit einer beständigen Liebe.
Dass Leidenschaft und Romantik trotzdem
weiterhin einen Platz in eurem Leben haben
und ihr das Herz des anderen immer
wieder aufs Neue erobert,

das wünschen
wir euch.

I love you

Eine gute Ehe bedeutet in harten Zeiten
füreinander da zu sein, aber auch Tage
voller Freude und Lachen zu erleben.
Dass ihr diese Momente bewusst auskostet,
das wünschen wir euch von Herzen.

IN EINEM LÄCHELN
KANN EIN HERZ LEUCHTEN.

Siegfried Sauerländer

Die Liebe ist wie eine zarte Blume,
die dort wächst, wo sie Licht und Wärme findet.
Dass ihr eure Liebe sorgsam pflegt und nie vergesst,
was ihr aneinander habt,

das wünschen wir euch.

WER LIEBT, **BLÜHT AUF.**

Rainer Kaune

Schon heute habt ihr viele gemeinsame
Erlebnisse, an die ihr euch gerne zurückerinnert.
Und es werden noch viel mehr dazukommen.
Dass dieser Erinnerungsschatz euch
reicher macht, als Geld es
je könnte, das wünsche
ich euch.

Jede Ehe verändert sich mit den Jahren,
weil sich die Beziehung zwischen den Partnern
weiterentwickelt. Dass ihr diese Veränderung
mit Freude begrüßt und einander den Raum lasst,
um euch zu entfalten,
das wünschen wir euch.

LIEBE IST,
MITEINANDER ZU WACHSEN.

Helga Schäferling

Wir wünschen euch,

dass ihr an den Weggabelungen des Lebens
gemeinsam eine Entscheidung trefft
und dass sich eure Wege niemals
trennen mögen.

WEDDING
Cocktail hour
Photo zone

DER SCHÖNSTE WEG,
DEN WIR GEHEN KÖNNEN,
IST DER, DEN UNS
DIE LIEBE WEIST.
Irmgard Erath

Aber genauso wünschen wir euch den Mut,
miteinander neue Wege zu beschreiten und
euch gemeinsam auch einmal
an Herausforderungen zu versuchen.

AUF DIE PLÄTZE, MUTIG LOS,
IN EIN NEUES ABENTEUER!

Angelika Emmert

Die Zukunft hält für euch noch viele großartige Augenblicke bereit. Dass ihr dem Unbekannten mit beschwingten Schritten entgegengeht und gleichzeitig das Hier und Jetzt zusammen genießt, das wünschen wir euch.

Alles Gute zur Hochzeit!

ALLES LIEBE FÜR EUREN NEUEN
GEMEINSAMEN LEBENSABSCHNITT!

Textnachweis: Wir danken allen Autor*innen / Erb*innen, die uns freundlicherweise die Erlaubnis zum Abdruck von Texten erteilt haben

Blütenillustrationen Cover und Innenteil: Ozz Design/Shutterstock.com; Channarong Pherngjanda/Shutterstock.com. Covermotiv: stock.adobe.com/Guy Sagi; Innenteil: S. 2: Lisa Schaetzle/Moment/Getty Images; S. 4: Olga Shevtsova/EyeEm/Getty Images; S. 6: DianaHirsch/E+/Getty Images; S. 8: JovanaT/Moment/Getty Images; S. 11: nadtochiy/Shutterstock.com; S. 13: Vladimir Nadtochiy/500px Plus/Getty Images; S. 14: Jade Osborne Photography/Moment/Getty Images; S. 17: Westend61/Getty Images; S. 19: kundoy/Moment/Getty Images; S. 21: AndreasKermann/E+/Getty Images; S. 23: Sergio Amiti/Moment/Getty Images; S. 25: Israel Sebastian/Moment/Getty Images; S. 27: Alex Zotov/Shutterstock.com; S. 29: Bogdan Sonjachnyj/Shutterstock.com; S. 31: Mila Supinskaya Glashchenko/Shutterstock.com; S. 33: Olexander Kozak/Shutterstock.com; S. 35: Carolin Voelker/EyeEm/Getty Images; S. 37: PhotoSunnyDays/Shutterstock.com; S. 39: ZikG/Shutterstock.com; S. 41: stock.adobe.com/Maksym; S. 43: Kseniya Ivanova/Shutterstock.com; S. 45: Roy McMahon/DigitalVision/Getty Images; S. 47: Andrey Julay/Shutterstock.com.

Layout und Satz: Petra Schmidt Grafik Design

Gesamtherstellung: Gesamtherstellung: AZ Druck und Datentechnik GmbH, Kempten

Aus Verantwortung für die Umwelt hat sich die Verlagsgruppe Droemer Knaur zu einer nachhaltigen Buchproduktion verpflichtet. Der bewusste Umgang mit unseren Ressourcen, der Schutz unseres Klimas und der Natur gehören zu unseren obersten Unternehmenszielen.

Gemeinsam mit unseren Partnern und Lieferanten setzen wir uns für eine klimaneutrale Buchproduktion ein, die den Erwerb von Klimazertifikaten zur Kompensation des CO_2-Ausstoßes einschließt.

Weitere Informationen finden Sie unter:
www.klimaneutralerverlag.de

Was wir euch wünschen für den Weg zu zweit
ISBN 978-3-8485-2419-8

www.geschenkverlage.de

MIX
Papier aus verantwortungsvollen Quellen
FSC® C008457
www.fsc.org

1 2 3 4 5

GLÜCKWÜNSCHE ALLES GUTE

LIEBE ZWEISAMKEIT

HERZENS WÜNSCHE

Einen Emotionen

guten SCHENKEN

Tag

Am schönsten Tag im Leben ist das Glück unser steter Begleiter. Jeder einzelne Moment wird zum unvergesslichen Erlebnis – bis hin zum ganz großen Augenblick, in dem aus „du und ich" ein „wir" wird. Begleitet werden wir auch von all den Menschen in unserem Leben, die für die gemeinsame Zukunft von Herzen alles Liebe wünschen. Die passenden Worte dazu suchen wir.

Ihr Groh Team